Ilka, die Tochter vom Weihnachtsmann

Drei Geschichten, nicht nur für Kinder

von Brunhilde Schwarz

Impressum:

Ilka, die Tochter vom Weihnachtsmann
Drei Geschichten, nicht nur für Kinder
von Brunhilde Schwarz
Herausgeber: Hans-Jürgen Sträter
Ausgabe vom 1. Dezember 2022
ISBN: 9783756862207
Herstellung und Verlag: BoD - Books on Demand, Norderstedt

Bilder wurden erstell mit DALLE-E

MIX
Papier aus verantwortungsvollen Quellen
Paper from responsible sources
FSC® C105338

Für unsere Kinder

Inhalt

Ilka, die Tochter vom Weihnachtsmann

Ilka war wütend und stampfte laut mit dem Fuß auf.

Nun konnte ihr Vater schon wieder nicht am „Heiligen Abend"

zu Hause sein und mit der ganzen Familie Weihnachten feiern.

Sie schmollte so richtig heftig, dass er jährlich auf's Neue

unterwegs war. Warum wollte man nur mit dem Schlitten

gerne durch die kalte, stockdunkle Nacht reisen?

In der Schule erzählten ihre Klassenkameraden, wie schön es

jedes Jahr ist, wenn der Weihnachtsmann mit den vielen

Geschenken erscheint. Doch zu ihr kommt er nie.

Niemand wusste wie schrecklich das für Ilka war, wenn gerade der eigene Vater als Weihnachtsmann tätig ist.

Voller Wut trat sie gegen alles, was ihr gerade in die Quere kam. Der Tisch, der Stuhl, die Sessel und die Wand bekamen ihren wilden Zorn mit.

„Krach", da fiel die große Vase um und zerbrach in tausend Scherben. „Au weia", wenn das ihr Vater sieht, das wird bestimmt großen Ärger geben. -

Plötzlich macht es ihr keinen Spaß mehr, sauer zu sein, und nun kullern ihr die großen Tränen aus den Augen. Sie fühlte sich so einsam, weil sie das einzige Kind auf dieser Welt war, dessen Vater der Weihnachtsmann ist.

Sie konnte nicht glauben, dass die anderen Kinder sie um ihren tollen Vater beneideten. Ilka mochte es nämlich überhaupt nicht, ihren Papa mit allen anderen Kindern teilen zu müssen.

Nein, sie wollte ihn nur für sich ganz alleine haben, für wirklich niemand anderem.

Ihr Zorn wandelte sich plötzlich in tiefe Traurigkeit, und aus ihren Augen ergoss sich der reinste Wasserfall.

Sicher würde sie niemand verstehen...

Gerade jetzt musste ihr Vater zur Tür hereinkommen. - „Na, meine kleine Ilka?", fragte der Vater. Da kuschelte sich sein Mädchen fest an ihn und erzählte ihm alles, was zu Hause vorgefallen war. -

„Weißt du", sprach er zu ihr, „als ich so alt war wie du, bedrückte mich der gleiche Kummer.

Und ich war sogar noch viel wütender, am liebsten hätte ich den Schlitten kurz und klein geschlagen.

Dann hätte mein Vater sich nie mehr auf eine Weihnachtsreise machen können. Doch kurz davor ist er gekommen und erzählte mir eine Geschichte.

Auch er hatte das Gleiche als Kind erlebt. Und dann nahm ihn sein Vater, der Weihnachtsmann, auf seine große Tour mit. Nie konnte ich vergessen, wie wunderbar diese Schlittenfahrt war. - Und in diesem Jahr nehme ich dich ebenfalls mit!"

Ilka staunte nicht wenig, als sie das offene Geständnis ihres Vaters hörte.

Ja wirklich, seit Generationen wurden die ältesten Söhne der Familie von Beruf „Weihnachtsmann", um den Menschen ein wenig Freude und Frieden zu bringen. -
Die anderen Familienmitglieder arbeiteten unendlich gerne in der riesigen Weihnachtswerkstatt.
Dort wurden die herrlichsten Spielsachen gebastelt sowie die leckersten Plätzchen und sogar Kuchen gebacken. Auch viele Herzenswünsche von den Erwachsenen kamen zur Erfüllung:

Bücher, wunderschöne Kleider, funkelnde Schmuckstücke, herrliche Bilder und vieles mehr erstellten hier fleißige Hände.

Jeder Erwachsene bekam dazu etwas wirklich ganz besonderes als Geschenk, nämlich einen „Kindheitstraum". Ilka freute sich jetzt schon auf die Arbeit in der Weihnachtswerkstatt. Vorher jedoch kam das Studium der Spielzeugwissenschaft und der Erwachsenenträume.

Doch nun musste sich Ilka ganz warm ankleiden, und die Rentiere wurden vor dem voll beladenen Schlitten gespannt. -

Dann ging die Fahrt los, zuerst ein Stück durch die Wolken. Anschließend ging es mit viel Schwung durch den tiefen Schnee, der die Erde bedeckte.

In allen Häusern, in jedes kleine Zimmer brachten sie die Geschenke. - Und einen Moment vergaßen viele Menschen ihre Traurigkeit und Hass, selbst jeden Zorn und Bitterkeit.

Das helle, wärmende Licht der Weihnachtsfreude überstrahlte alles und erreichte den kleinsten Winkel ihrer Herzen.

Doch am meisten freuten sich die Kinder, die alten und einsamen Menschen sowie die vielen Kranken, die ihr Bett und ihr Zimmer schon lange nicht mehr verlassen konnten.

Erst früh am nächsten Morgen kamen Ilka und ihr Vater nach Hause zurück, sie hatten ja auch die ganze weite Welt bereist.

In ihren Herzen klang die Freude tausendfach wieder, die den Menschen bereitet werden konnte.

Einen Moment lang verstummten auf der Erde die Waffen, die Menschen mit verschiedenen Hautfarben hassten sich nicht mehr untereinander.

Die Uhren dieser Welt standen eine kurze Zeit still, weil durch die Freude an der Geburt des Heilands auch die Liebe Gottes in die Herzen der Menschen hineingeboren worden war.

Selbst im ganzen Tierreich herrschte für einen Moment diese wunderbare Stille. Alle Wesen dieser Erde spürten, dass in dieser „Heiligen Nacht" etwas wirklich besonderes geschah.

Zu Hause kuschelte sich Ilka sofort in ihre warme Bettdecke und schlief fest ein. Glücklich träumte sie von den vielen Erlebnissen dieser „Heiligen Nacht".

Sie wollte nun nie mehr, dass ihr Vater etwas anderes war als der Weihnachtsmann. Tiefer Friede und große Dankbarkeit erfüllten ihre Seele.

Denn wenn sie ihren Vater zu Weihnachten den Menschen schenkte, wurde ihr Herz durch die zurückkommende Freude reich beschert.

Als sie erwachte, saß ihr Vater auf der Bettkante. Sie nahm ihn in den Arm, schmiegte sich fest an ihn und sagte: „Danke! Das ist das schönste Weihnachten in meinem Leben."

„Meines auch", antwortete der Vater und streichelte seinem Kind liebevoll über den Kopf - und dann feierten sie fröhlich mit ihrer großen Familie das schönste Fest der Liebe...

Stille Nacht

Es war schon spät in der Heiligen Nacht. Viele Menschen gingen oder fuhren nach Hause. Alle waren durch einen ganz besonderen Tag gekommen. Manche hatten einen schönen und einen besinnlichen Abend, andere erlebten dagegen hass- und streiterfüllte Begegnungen.

Nur wenige wissen noch, was eigentlich wirklich in dieser Heiligen Nacht geschah. Es ist zwar zu einer alten Sitte geworden, an diesem Abend Geschenke zu überreichen und einander Freude zu bereiten, aber einige Menschen können leider nicht mehr lieben - und dann ist dieser Tag alles andere als ein Grund zur Freude.

In dieser Nacht fiel noch lange Schnee und überall glitzerte dieser im Schein der Lichter, die noch aus den Häusern nach draußen drangen und von den hellen Straßenlaternen auf die Erde schienen.

Viele waren tief verzweifelt, weil sie gerade Menschen verloren hatten, die sie sehr liebten. Nun wussten sie nicht, wo sie in ihrer Not Zuflucht finden könnten. Andere waren dagegen glücklich; denn sie kannten Freunde und Verwandte, die sie mochten und achteten, die gerne bei ihnen waren. Sie konnten sich über ihre Geschenke freuen, weil echte Zuneigung dahinterstand.

Doch am glücklichsten waren die Menschen, die um Jesus Christus als ihren Heiland und Erlöser wussten. Weil er sie liebt, ihre Lasten trägt und sie von aller Schuld befreit. Sie hatten nicht vergessen, dass in dieser Nacht dankbar an seine Geburt gedacht wird. Denn das war das allergrößte Geschenk: Gott selbst gab sich allen Menschen in einem unschuldigen Kind.

Das überstrahlte alles Leid, schwere Krankheiten, jede Schuld. Es tröstete selbst bei dem Verlust eines viel geliebten Menschen.

Denn Jesus konnte das verstehen, weil er selbst alles für uns ertragen hatte, als er als Gottes Sohn auf dieser Erde lebte.

Heute ist er bei Gott, seinem und unserem Himmlischen Vater. Doch eines Tages wird er wiederkommen. Dann wird er alle seine geliebten Kinder, die noch auf dieser Erde leben und die schon gelebt haben, zu sich nehmen. Das hat er versprochen!

Und darüber dürfen wir uns freuen, denn er war so arm und krank wie wir. Er kennt unsere Leidenstage ganz genau, denn er hat das, so wie die Menschen, durch- und erleben müssen.

Wir haben großen Grund zur Freude, denn Jesus ist unser Heiland und Erlöser. Gott hatte schon lange geplant, ihn zu seinen Geschöpfen zu senden, um die Kluft zwischen sich und den in Sünde gefallenen Menschen zu schließen.

Darum macht doch auch Ihr einmal den Versuch, ihm zu vertrauen, auch wenn Ihr Jesus noch nicht kennt. Und Ihr, die ihn schon kennengelernt haben, vertraut ihm täglich neu.

Er schenkt Euch echte Freude, wahre Freiheit und tiefen Frieden für Eure Seelen. Jesus hat alles aus Liebe für uns getan!

Die Weihnachtsgeschichte, einmal anders gezählt

Es ist etwa 2000 Jahre her, als mein Ur-, Ur,- Ur,- Ur,- ... Großvater (ich weiß nicht, wie viele Urs es sind) mit Maria und Josef auf den Weg von Nazareth nach Bethlehem waren.

Doch ich erzähle Euch diese aufregende und wunderschöne Geschichte lieber von Anfang an. Denn meine große Eselfamilie hat diese wahren Begebenheiten ja auch nie vergessen:

In Nazareth lebte das Mädchen Maria, das bald Josef heiraten sollte. Plötzlich erschien der Engel Gabriel und sprach zu ihr: „Hab keine Angst, denn du sollst einen Sohn bekommen.

Er soll „Jesus" heißen; er ist Gottes Sohn und wird der Erlöser der Welt sein."

Doch Maria konnte es erst nicht verstehen, da sie ja noch nicht verheiratet war. Darum erklärte ihr der Engel, dass alles in Gottes Händen liegt und sie sich keine Sorgen machen braucht. Und er berichtete ihr auch, dass ihre Cousine Elisabeth trotz des hohen Alters noch schwanger geworden war. Gott wollte es so.

Nun wusste Maria, auf Gott kann sie ganz und gar vertrauen. Sie freute sich auf ihr Kind, gern wollte sie Gottes Dienerin sein.

Kurze Zeit danach machte Maria auf den weiten Weg und besuchte ihre Cousine. Dort blieb sie für längere Zeit.

Als sie ankam, hüpfte das Baby von Elisabeth freudig in ihrem Bauch. Ihr Sohn sollte ‚Johannes' heißen und Jesus den Weg bereiten. Beide Frauen lobten dankbar den großen Gott.

Maria freute sich täglich mehr auf ihr Kind. Josef wollte sie jedoch verlassen, weil er noch nicht mit Maria verheiratet war; ein uneheliches Kind bedeutete damals eine große Schande. Dazu war er noch nicht einmal der Vater des Kindes.

In der Nacht hatte Josef dann einen Traum: Der Engel erklärte ihm, dass Maria von Gott erwählt wurde, seinen Sohn auf die Welt zu bringen. Gott würde sie alle entsprechend beschützen. Als Josef das hörte, ließ er Maria nicht mehr im Stich. Er heiratete sie, ihm war nun egal, was die Menschen dachten.

Nach einigen Monaten erließ der römische Kaiser Augustus ein Gebot, dass alle Menschen aus seinem Reich gezählt werden sollten. Jeder musste seinen Geburtsort aufsuchen, damit für die Gebiete des Kaisers eine Steuerschätzung erfolgen konnte.

Josef, ein Nachkomme des jüdischen Königs David, hatte sich zum fernen Bethlehem aufzumachen. Übrigens sagten viele Propheten schon vor Jahrhunderten voraus, dass der Erlöser der Welt, der ‚Messias‘, in Bethlehem geboren werden würde.
Mit ‚Erlöser‘ war natürlich Jesus gemeint, das war Gottes Wille.

Wisst Ihr überhaupt, wie mühsam ein Fußweg von 130 km ist?
Das Gepäck auf einen Esel geladen, dazu eine hochschwangere Frau, bei der das Kind jeden Tag geboren werden könnte?
Nein, das ahnt Ihr natürlich nicht und mein Ur-... Großvater wusste das selbstverständlich auch nicht.

Wie oft haben ihm wohl die Hufe weh getan, wenn er Maria getragen hatte? Und manchmal konnten sie auch nicht genug trinken, weil sie kaum Wasser fanden. Dazu fehlte es oft an Nahrung, da der nächste Ort zu weit entfernt war.

Nicht überall wuchs Gras, was mein Ur-... Großvater brauchte. Obwohl Maria und Josef (und ihr Esel natürlich auch) durch die anstrengende Reise meist müde waren, schlafen konnten sie wenig. Eine passende Unterkunft fanden sie nicht, es blieb dann für die Nacht nur irgendwo draußen die harte Erde als Bett. Sie mussten stets früh aufstehen, um möglichst weit zu kommen.

Die Kälte in der Nacht und die schattenlose Hitze am Tag, das war für alle schon sehr anstrengend. Und manchmal regnete es dazu. Heute ist es so bequem, wenn wir mit dem Auto reisen!

Wir brauchten für diese Strecke nur etwa eine gute Stunde - und das erscheint uns dann sogar sehr lang, kommen wir in einen Stau.

Maria und Josef waren dagegen viele Tage unterwegs und verloren all ihren Mut. Sollten sie pünktlich ankommen?!

Die Verzweiflung brachte sie nicht selten fast zum Weinen. Sie wussten nicht, ob sie rechtzeitig Bethlehem erreichen würden.

Und wann würde das Kind geboren? Käme eine Hebamme?

Die wichtigste Frage war natürlich die nach einer Unterkunft, sonst müssten sie mit dem kleinen Jesus im Freien schlafen.

Sie und mein Großvater waren ja schon erwachsen, aber für das neugeborene Kind bestand Lebensgefahr, hätte es in der Kälte nachts auf dem harten Boden zu liegen. - Nein, all das könnt Ihr euch nicht vorstellen, aber genau so war das damals.

Lange dauerte ihre Reise, denn Maria musste sich oft ausruhen, und manchmal konnte mein tapferer Urgroßvater auch nicht mehr die schwere Last tragen, so kraftlos war er geworden.

Ja, all das könnt Ihr heute bestimmt nicht nachvollziehen.

Als sie endlich in Bethlehem ankamen, war es schon sehr spät. Sie gingen von Tür zu Tür und suchten ganz verzweifelt eine Herberge, doch niemand wollte sie haben. Der eine oder andere hatte bestimmt noch einen Raum für die Beiden gehabt, sogar für meinen Großvater, aber die hochschwangere Frau schreckte sie ab. Eine Geburt macht viel Arbeit und ist auch immer ein Risiko. Dazu schreit und weint ein Kind ganz laut, da kann man nachts vielleicht keinen Schlaf mehr finden.
Das war den meisten Menschen wirklich viel zu unbequem.

Ach wie blind waren die Einwohner Bethlehems! Obwohl mein Großvater ein Esel war, wusste er doch ganz genau, welches Kind Maria da in sich trug. Er konnte die Menschen einfach nicht verstehen, nein! So etwas macht man doch wirklich nicht!

Schließlich war es schon mitten in der Nacht, als ihnen ein Stall angeboten wurde. Dieser befand sich in einer Höhle - es war besser, statt im Freien zu schlafen. Maria und Josef waren dankbar für dieses Quartier; so war ihr Kind wenigstens vor wilden Tieren und anderen Gefahren geschützt. Es dauerte nun auch nicht mehr lange - und Jesus wurde geboren.

Hier gab es natürlich kein Babybett, und so legten Maria und Josef ihren Neugeborenen auf Stroh in eine Futterkrippe.

Wisst Ihr, die Tiere waren so richtig froh, dass sie Jesus ihre Krippe schenken konnten. Gerne fraßen sie von der Erde und kamen auch ganz dicht in die Nähe des Kindes, um ihm ihre Wärme zu schenken. Denn durch den Stall pfeifte der Wind, und die Kälte machte diesen Ort äußerst ungemütlich.
Ein Feuer konnte man ja auch nicht anzünden, weil überall Heu und Stroh lagerten.

Keinen Menschen schien es zu interessieren, dass gerade ihr Heiland geboren war. Darüber waren sogar die Tiere sehr traurig. Sie wussten nämlich, dass durch Jesus die gesamte Schöpfung dieser Erde gerettet wird. Nur die Menschheit wollte das wohl nicht wissen. Doch wie freuten die Tiere sich deshalb, als Hirten in den Stall kamen, weil ihnen die Engel die Frohe Botschaft von der Geburt Jesu verkündet hatten. Diese waren einfache, hart arbeitende Menschen, die draußen, am Rande der Gesellschaft lebten. Sie hüteten dort ihre Herde, versorgten sie Tag und Nacht. Und als sie die Nachricht hörten, eilten die Hirten so schnell wie möglich zu Maria und Josef.

Dort angekommen, lobten und priesen sie voller Freude Gott, der in seiner großen Barmherzigkeit zu den Menschen in der Gestalt eines kleinen, unschuldigen Kindes gekommen war.

Übrigens, auch Jesus wurde später als ‚Guter Hirte' bezeichnet, weil er sich mit seinem ganzen Leben für die benachteiligten und verlorenen Menschen einsetzte.

Als Jesus acht Tage alt war, gingen Maria und Josef mit ihrem Sohn nach Jerusalem in den Tempel, um ihn nach jüdischem Gesetz Gott zu weihen.

Hier lebte ein alter Mann, Simeon, dem Gott etwas besonderes versprochen hatte: er sollte nämlich noch vor seinem Tode den verheißenen Messias sehen. Er erblickte den kleinen Jesus, nahm ihn mit Freuden auf den Arm und wusste sofort, dass sich Gottes Versprechen nun erfüllt hatte.

Auch die 84jährige Hanna wohnte in Jerusalem und diente fast täglich im Tempel. Sie war auch hoch erfreut, den Messias zu erkennen. Anschließend erzählte sie ihren Nachbarn, was sie erlebt hatte, dass der erwartete König endlich gekommen war. Maria und Josef wunderten sich über alles sehr.

Anschließend machten sich drei Fremde aus dem Osten auf. Sie waren weise Männer, und heute würde man sie als Wissenschaftler bezeichnen. Bei der Beobachtung des Nachthimmels hatten sie einen außergewöhnlich hellen Stern entdeckt, der sie nach Jerusalem führte. Denn sie wussten genau, dass dort ein neuer König geboren war, und sie fragten nach ihm.

Die Ankunft dieser Fremden mit ihrer seltsamen Frage sprach sich in der Stadt schnell herum. Die Römer hatten Herodes als König für die Juden eingesetzt, und dieser erschrak sehr über diese Nachricht von dem neuen und unbekannten König, denn nun hatte er ganz große Angst, seine Macht zu verlieren.

Herodes rief die Priester und Schriftgelehrten zu sich und wollte mehr über diesen neuen König wissen. Diese sagten ihm, dass in den Schriften der alten Propheten als Geburtsort für den Messias der kleine Ort Bethlehem genannt worden war.

Nun empfing er heimlich die drei Männer aus der Fremde. Dabei stellte er sich ganz freundlich und wollte genau wissen, wann sie den Stern das erste Mal gesehen hatten. Herodes bat die Gäste, das Kind zu suchen und ihn anschließend genau darüber zu informieren, damit auch er es reich beschenken und anbeten könnte.

Der Stern zeigte den drei Männern den Weg nach Bethlehem, und schnell fanden sie Maria und Josef mit ihrem Jesus.

Anbetend fielen sie auf ihre Knie. Dann überreichten sie die kostbaren Geschenke für das Kind: Gold, Weihrauch und Myrrhe, das waren überaus wertvolle Sachen.

In der folgenden Nacht erschien ihnen Gott in einem Traum und warnte sie, noch einmal zu dem König Herodes zu gehen. Heimlich nahmen sie für ihre Rückreise einen anderen Weg.

Auch Josef hatte in dieser Nacht einen besonderen Traum.

Ein Engel befahl ihm: „Steh sofort auf, nimm die Mutter und euren Sohn, flieh mit ihnen nach Ägypten. Denn Herodes will das Kind töten lassen. Bleibt dort so lange, bis ich euch über die Rückkehr in die Heimat unterrichten werde."

Josef verlor keine Zeit und weckte sofort Maria. Hastig packten sie ihre Sachen zusammen, nahmen Jesus und beluden meinen Ur-... Großvater. Eiligst machten sie sich auf den Weg voller Angst, von den Soldaten des Königs entdeckt zu werden.

Ihr Esel, mein Ur-...Großvater, hatte die Gefahr auch erkannt und galoppierte so schnell, wie vorher noch nie in seinem Leben.

Oft wurde er sogar er völlig atemlos. Doch Gott schenkte ihnen allen die notwendige Kraft und Ausdauer für ihre Flucht. Diese war jedoch überhaupt nicht mit der Reise nach Bethlehem zu vergleichen. Hier ging es wirklich um Leben und Tod!

Die Familie von Josef hatte selbstverständlich einen besonderen Engelschutz, da hatten die Wegeräuber keine Chance. Deshalb waren sie sehr, sehr dankbar, als sie müde, jedoch unversehrt endlich Ägypten erreichten. Nun waren sie in Sicherheit, denn in diesem Land würde Herodes sie niemals suchen.

Schon einmal hatte ein „Josef" sein Volk in Ägypten in Sicherheit gebracht. Das war zwar schon viele Jahrhunderte her, doch auch damals hatte Gott in wunderbarer Weise geholfen.

Nun merkten Maria und Josef, wie wertvoll die Geschenke der drei Fremden für sie waren. So hatten sie die Mittel, sich in der neuen Umgebung mit allem Nötigen zu versorgen. Ohne diese Kostbarkeiten hätten sie bestimmt Hunger leiden müssen.

Herodes wurde in Bethlehem so wütend, dass er dort alle Jungen bis zwei Jahren ermorden ließ. Die Menschen der Stadt weinten und trauerten lange sehr um ihre vielgeliebten Kinder.

Bald nach diesem schrecklichen Verbrechen starb Herodes. -
Der Engel erschien Josef wieder im Traum und sagte ihm, dass
er mit seiner Familie wieder in seine Heimat reisen könnte. Weil
Herodes gestorben war und nun keine Gefahr mehr bestünde.

So kehrten Maria und Josef nach Nazareth zurück, wo sie ja
auch zuerst herkamen. Endlich war alles wieder gut - und mein
Großvater machte sogar richtige Freudensprünge.

Oft dachten Maria und Josef dankbar an die vielen Erlebnisse
zurück, die mit der Geburt ihres Sohnes verbunden waren.

Erst kam die Verkündigung des Engels, dass Maria Jesus gebären sollte, dann die sehr freudige Begegnung mit Elisabeth. Josef blieb bei ihr und beide mussten nach Bethlehem, wo sie nur einen Stall als Unterkunft fanden. Sie bekamen Besuch von den Hirten und von drei Männern aus dem Osten. Im Tempel begegneten sie dem Simeon und der Hanna, die wunderbar bestätigten, dass Jesus der verheißene Messias, der Erlöser der Menschheit und Gottes Sohn wäre. Zuletzt die Flucht in das ferne Ägypten und die Rückkehr nach Hause. Immer wieder hatten Maria und Josef dabei Gottes Schutz und Segen erlebt.

So vergingen die Jahre. Jesus wuchs heran und wurde von Gott, seinem Vater, und allen, die ihn kannten, sehr geliebt.

Und mein Ur-... Großvater begleitete ihn sein Eselleben lang.

Ja, so war das damals, und denkt daran, wir Esel sind ganz stolz und sehr dankbar darüber, was unser Vorfahre erlebt hat.

Diese Geschichte ist wahr, und sie kennt heute sogar jeder Esel.